POÉSIES

DE

CHARLES BURDIN

LES AMOURS DE TÊTE

RIMES GALANTES — TABLEAUX ET PAYSAGES

HEURES NOIRES — ÇA ET LA

PARIS

LIBRAIRIE DES BIBLIOPHILES

Rue Saint-Honoré, 338

—

M DCCC LXXVI

POÉSIES

DE

CHARLES BURDIN

1870-1875

TIRÉ A 400 EXEMPLAIRES

390 sur papier de Hollande.
10 — de Chine.

POÉSIES

DE

CHARLES BURDIN

LES AMOURS DE TÊTE

RIMES GALANTES — TABLEAUX ET PAYSAGES

HEURES NOIRES — ÇA ET LA

PARIS

LIBRAIRIE DES BIBLIOPHILES

Rue Saint-Honoré, 338

—

M DCCC LXXVI

A CAMILLE COUSSET

Mon ami,

Tu as assisté à la naissance de chacune des pages de ce petit livre ; presque toutes n'ont été écrites que pour notre plaisir à nous deux ; c'est toi encore qui m'as encouragé à les présenter au public.

Je te prie donc de ne pas les abandonner aujourd'hui, et, quelque aventure qui leur advienne, accepte d'en être le parrain.

CHARLES BURDIN.

Provins-les-Bois, 19 novembre 1875.

PARADE

I

Muse, chaussez-vous de satin,
Comme une folle ballerine ;
Ajustez bien votre basquine,
Prenez un air vif et mutin
Pour lancer le rire argentin
Et la longue œillade assassine.
De l'écrin sortez vos joyaux
Les plus brillants, chère coquette ;
Parfumez-vous de violette :
Car nous allons sur nos tréteaux
Répéter tous nos airs nouveaux,
Mon cœur, ma Muse gentillette !

Auprès d'un beau buisson fleurant
De chèvrefeuilles, de troënes,
A l'ombre d'un bouquet de chênes,
Je veux, comme un rapsode errant,
Dès l'heure où la nuit va mourant
Dans la molle vapeur des plaines,
A la foule parler debout !
Voici déjà le coq qui chante ;
J'ai choisi pour dresser ma tente
Le grand chemin qui va partout ;
Comme un vin jeune et fort, qui bout,
Le rhythme en mon cerveau fermente.

Là-bas, tout l'horizon se teint
Des lueurs de l'aube opaline,
La crête des monts s'illumine,
Dentelant tout le bleu lointain ;
Dans le frais éclat du matin,
Muse, apparais sur la colline !

II

De grâce, n'use pas la route,
   . Seigneur passant ;
Repose à l'ombre et nous écoute
   Un court instant,
Car nous savons des barcarolles,
   Des tra la la,
Des sonnets, des ballades folles ;
   Passant, holà !

Nous connaissons d'âpres fanfares,
   Des rhythmes fous,
Et nous chantons sur nos cythares
   Des airs si doux
Que les fauvettes les confondent
   Avec leurs voix,
Et les rossignols y répondent
   Du fond des bois.

Nous avons dressé l'embuscade
   Près du chemin

Où vont en lente promenade,
Soir et matin,
Les rêveurs, les fous, les poëtes;
Il faut pour eux
Entonner tous nos airs de fêtes
Les plus joyeux.

Écoutez nos rondes légères,
Les vieux noëls
Qui se disaient dans des mystères
Sur des airs tels
Qu'on croit ouïr en des églises,
Graves et lents,
Chanter les saints des fresques grises,
Aux chefs branlants.

Pour clore les frêles paupières
Des enfançons,
Nous savons les refrains des mères,
Douces chansons
Qu'en nous berçant, bien désolées,
Entre leurs bras,
Elles ont à nos pleurs mêlées,
Sur un ton bas.

Amoureux, voulez-vous entendre
　　Le léger bruit
D'un soupir langoureux et tendre
　　Pendant la nuit,
Ou celui des baisers humides,
　　Vif et charmant,
Qu'aux lèvres des vierges timides
　　Cueille l'amant?

Là-bas, sous les branches touffues,
　　Un cabaret
Nous offre servantes joufflues
　　Et vin clairet;
Tous ensemble allons boire et rire,
　　Nous vous dirons
Les airs des compagnons de Vire,
　　Francs et lurons.

Ma Muse trinque sans vergogne,
　　Or çà, venez
Vider un grand coup de bourgogne,
　　Bons rouges nez !
Par le ventre rond de Silène
　　Et par Noé,

Nous chanterons à perdre haleine,
Holà ! hohé !

De grâce, n'use pas la route,
Seigneur passant ;
Repose à l'ombre et nous écoute
Un court instant ;
Car nous savons des barcarolles,
Des tra la la,
Des sonnets, des ballades folles ;
Passant, holà !

LES AMOURS ·DE TÊTE

—

L'INCONNUE

Aux pays des songes verts,
      Lieux couverts
Du jeune et brillant feuillage
De l'éternel renouveau,
      Mon cerveau
Souvent m'emporte en voyage.

En ces paysages frais
      Tu parais,
Toi que mes yeux n'ont pas vue,

T'avançant sur le lointain
        Du matin,
Par mon beau rêve attendue.

Ton corps souple et triomphant,
        Belle enfant,
Sur l'horizon se mesure ;
De gros bouquets de lilas
        Sur tes pas
Semblent pencher leur ramure.

Aux taillis, dans les buissons,
        Les pinsons,
Les bruants et les fauvettes
Te font cortége en chantant,
        S'ébattant
Sur la pointe des fleurettes.

Tes longs cheveux crespelés,
        Affolés,
Voltigent hors de la tresse ;
Sur ton visage vermeil
        Le soleil
Pose une tiède caresse.

Il flotte un parfum voilé,
Tout mêlé
De fleurs et d'herbe nouvelle;
Sur le bleu du firmament,
Par moment,
Glisse une brune hirondelle.

Blondine qui vas rêvant,
En suivant
Les bosquets aux fraîches sentes,
Ombre aimable que parfois
Je revois,
Que je préfère aux vivantes,

Mon cœur te garde un berceau
De sureau
Et de blanche clématite,
Pour un peu t'y retenir
Et finir
Le songe qui fuit trop vite.

MADRIGAL

Pieusement je suis allé
Faire, à l'aube, un pèlerinage
En ce lieu perdu sous l'ombrage,
Où notre amour s'est révélé.

Votre cher souvenir, mêlé
A la beauté du paysage,
Faisait la forêt moins sauvage,
Mon cœur n'était pas isolé.

Madame, c'est une folie,
Mais, avec moi, ce soir, venez
Jusqu'au bois, je vous en supplie !
En d'étroits chemins détournés
Nous redirons ce beau poëme,
Plein de longs soupirs alternés
De baisers et de doux *Je t'aime*.

AURORE

Lorsque le matin bleu glisse entre tes rideaux,
Éveillant les splendeurs de ta puberté nue,
Qu'un beau sourire arqué sur ta lèvre ingénue
Laisse briller tes dents, ainsi que des joyaux ;

Quand de tes cheveux d'or les rebelles anneaux
Jonchent les coussins blancs de leur masse épandue,
Qu'un doux rêve, indiscret fait sur ta gorge émue
S'élever l'orbe pur de tes tetins jumeaux,

Tout enfiévré d'amour, sur le bord de ta couche,
Je couve ta blancheur, respirant sur ta bouche,
Étreignant mon désir et l'âme en pâmoison.

Penché sur ton sommeil, je retiens mon haleine ;
Tandis qu'en mon cerveau vacille la raison,
Je m'enivre à longs traits de ta beauté sereine.

IDYLLE D'ANTAN

Suzette, vous souvenez-vous
De notre idylle printanière ?
Nous nous aimions comme des fous,
Suzette, vous souvenez-vous ?
Je vous guettais d'un œil jaloux,
Et mon amour vous rendait fière ;
Suzette, vous souvenez-vous
De notre idylle printanière ?

Un soir dans un petit chemin,
Perdus tous deux dans la pénombre,
Nous allions nous tenant la main,
Un soir dans un petit chemin.

A votre bouche de carmin,
J'ai pris plus d'un baiser dans l'ombre,
Un soir dans un petit chemin,
Perdus tous deux dans la pénombre.

De mes bras, toute en pâmoison,
Vous êtes-vous pas échappée
Un certain jour de fenaison,
De mes bras, toute en pâmoison ?
Dans l'enivrante exhalaison
De l'herbe fraîchement coupée,
De mes bras, toute en pâmoison,
Vous êtes-vous pas échappée ?

Quels doux et ravissants projets
Nous avions formés pour la vie,
A chaque pas, sur tous sujets ;
Quels doux et ravissants projets !
Que de fois, en nos longs trajets,
Nous en parlions tout bas, ma mie ;
Quels doux et ravissants projets
Nous avions formés pour la vie !

Nous devions nous aimer toujours ;
L'avenir comme un fil se casse,
Les mois du printemps sont trop courts ;
Nous devions nous aimer toujours.
L'âge des premières amours
Est un souffle embaumé qui passe.
Nous devions nous aimer toujours,
L'avenir comme un fil se casse.

Adieu, cher et rose Autrefois,
Illusions, verte jeunesse,
Baisers furtifs aux coins des bois,
Adieu, cher et rose Autrefois ;
Beau temps passé, naïfs émois,
Seul mon souvenir vous caresse ;
Adieu, cher et rose Autrefois,
Illusions, verte jeunesse !

CHIGNON D'OR

Je sais l'art d'évoquer les minutes heureuses.

CH. BAUDELAIRE.

Souvenir précieux qui toujours se ravive,

Jeune fille entrevue au galop des chevaux,

Au fond d'un triste bourg, l'air plein d'ennui, pensive,

A la fenêtre en croix d'une maison massive,

Dans un cadre sculpté de vieux et lourds meneaux,

Tu m'apparais souvent : ta chevelure rousse

Élève sur ton front son élégant cimier ;

Dans ses frisons rétifs un rayon d'or s'émousse,

Déposant sur ta joue une ombre claire et douce,

D'un ton rose et semblable à la fleur du pommier.

2

Ta pensée était comme une voile tendue
Dans le vent ; tes yeux bruns, d'étincelles sablés,
Semblaient errer au loin, sur la trace perdue
De cette vision qu'en tes songes troublés
A de vagues désirs tu trouves confondue.

Beauté dont la splendeur rayonne en ma mémoire,
En est-il un, parmi tant d'aveugles passants,
Qui rêva pour ton corps les guipures, la moire,
Les perles en collier, pour tes bras ravissants
L'ambre, les clairs brillants pour tes longs doigts d'ivoire ?

Il faudrait l'or d'un juif et l'amour d'un poëte
Pour t'ériger l'autel que t'a voué mon cœur,
Et transformer ta vie en éternelle fête...
— Mais peut-être là-bas quelque absurde vainqueur
Sans nul vertige a fait ta suprême conquête !

Septembre 1874.

LA HAVANAISE

A Prosper Marius.

Avez-vous pénétré le soir
Chez Deborah la mulâtresse,
Lorsqu'elle rêve en son boudoir?
Avez-vous ressenti l'ivresse
Qui se gagne rien qu'à la voir?

La brune fille des tropiques
A les flancs souples d'un lézard,
Ses nonchalances élastiques;
On frissonne sous son regard
Tout chargé d'effluves lubriques.

Ses cheveux sont d'un noir profond,
Son visage a le ton de l'ambre ;
Lorsqu'elle joint ses bras en rond
Pour danser, son beau corps se cambre,
Ploie ou se dresse, ainsi qu'un jonc.

Une grêle chanson crépite
Tout à l'entour de ses poignets,
Dès que son pas se précipite
Et fait tinter ses bracelets
De corail et de malachite.

Elle a damné bien des marins,
Commodores ou capitaines,
Russes, anglais, américains,
Qui s'en venaient des mers lointaines,
Bien des chercheurs d'or mexicains.

Cette perle de la Havane
N'aime, dit-on, qu'un matelot
Ivrogne et laid, qui se pavane
Avec l'air vainqueur d'un magot
Qui jouirait d'une sultane.

THÉRÈSE

Au milieu d'artistes velus,
Rapins, gâcheurs de terre glaise,
Ou littérateurs chevelus,
L'autre soir, j'ai revu Thérèse.

C'était dans un café fumeux
Où s'en vont des gens forts en thème,
Critiques devenus fameux
Dans l'univers de la bohème.

J'ai reconnu son rire clair,
Ses yeux hardis, ses fines moues;
J'ai vu s'estomper dans sa chair
Les deux fossettes de ses joues.

Son nez mobile et fanfaron
Est à lui seul une merveille;
Elle penche, ainsi qu'un luron,
Son coquet chapeau sur l'oreille.

Thérèse a toujours adoré
Les arts et la littérature,
Elle en parle d'un ton carré,
Discute, approuve ou bien censure;

Elle en connaît même l'argot,
Sait lancer un terme technique;
A qui la contredit d'un mot,
Son ongle rose fait la nique.

Pour le refrain d'une chanson,
Un sonnet, une ébauche, un livre,
Son cœur change de garnison...
Thérèse ainsi qu'un prix se livre.

Combien de pauvres ateliers
Parfois mit-elle en grande fête,
Dans ses caprices familiers !
Combien de chambres de poëtes !

LA STATUE

L'autre matin, ma belle, à pas furtifs, quittant
L'alcôve où tu dormais, bouche déclose et lasse,
A travers ton jardin, par le givre et la glace,
J'allais la tête en feu, de fièvre grelottant,

Quand je vis se dresser, près du petit étang,
Cette bacchante qui toujours danse et grimace
Un rire fou ; l'hiver avait mis sa cuirasse
Autour de ce beau corps de plaisir haletant.

Et, je ne sais comment, aussitôt ma pensée,
En voyant tant d'ivresse en du givre enchâssée,
Comme un trait, se tourna vers toi d'un vol fatal ;

Alors je te vis double, ô maîtresse charmante :
Bel être ne vibrant que sous l'amour brutal,
Dont le cœur ne peut fondre au feu qui me tourmente.

A ANNA C.

I

Si je me penche sur le passé vagabond
De mon cœur, devenu banal comme une auberge,
Je revois nos amours qui brillent tout au fond.

Pareil à la clarté solitaire d'un cierge
Oublié sous la nef d'un temple profané,
Se consumant au pied de l'autel de la Vierge,

Ton puissant souvenir, toujours illuminé,
Sur ma jeunesse luit, et devant ta mémoire
Dans mes heures d'ennui je tombe prosterné.

Là, recueilli comme en un secret oratoire,
Je sens que l'amour qui par toi ne m'est venu
N'a jamais été qu'une ivresse dérisoire.

Près des autres, ta grâce et ton charme ingénu
Veillent à mon chevet; en proie à ce mirage,
Je crois baiser ta bouche et presser ton sein nu,

Et je ne sais aimer qu'à travers ton image.

Bouquet.

II

J'ai glané ces fleurs dans les ronces
Et sur les églantiers coquets;
Assez vont former leurs bouquets
Parmi les réguliers quinconces.

J'ai pris du cytise et du thym,
De beaux festons bleus aux pervenches,
Sur l'aubépine quelques branches,
A l'aventure et brin par brin.

Mais, aux couleurs de ces fleurettes
De tremblantes perles de sang,
Tachant le bleu, l'or et le blanc,
Mêlent leurs rouges gouttelettes.

Madame, j'ai baisé vos mains
Autrefois près des églantines :
J'ai cueilli ce bouquet d'épines
En repassant par ces chemins.

RIMES GALANTES

SOUHAIT D'AVRIL

A C. Cousset.

Il faut être deux pour bien la comprendre,
Bien la respirer, la voir et l'entendre,
La fraîche chanson des bois au printemps.

G. MATHIEU.

I

LORSQUE Avril éclate en chansons,
En mille gammes affolées,
Des prés, des arbres, des buissons,
Sortent, confusément mêlées,
Des senteurs vagues et des voix
D'oiseaux chantant les fleurs nouvelles ;
Les passereaux par deux, par trois,
Piaillent à l'entour des femelles.

— C'est vert, blanc, rose et vert encor !
Champs de luzerne et champs de seigle,
Blés chatoyants et colzas d'or,
S'en vont entremêlés, sans règle,
Se fondre au bout des horizons,
Dans la même teinte incertaine.
— Embrasant le toit des maisons,
Le jeune soleil, dans la plaine,
Filtre son or dans le blond clair
Des peupliers, qui, tous ensemble
Courbant leurs cimes, font dans l'air
Un transparent rideau qui tremble.

II

Conserve-nous, printemps béni,
Pour adorer les fleurs écloses,
L'amour au cœur, ainsi qu'un nid
A l'ombre de tes pommiers roses.

Avril 1873.

JOYEUX RÉVEIL

Souriante et, comme à dessein,
Laissant voir la blancheur d'un sein
Parmi les fleurs de sa fenêtre,
Madeleine vient d'apparaître ;
Elle chantonne un vieux refrain.
Embaumant l'air pur du matin,
Le chèvrefeuille et le jasmin
Font la pauvre maison champêtre
Souriante.
— Tandis qu'elle cherche au lointain,
Son amoureux paraît soudain
Par-dessus le mur du jardin,
Dans le lierre qui s'enchevêtre ;
Elle vient de le reconnaître
Et lui jette un baiser mutin,
Souriante.

Juillet 1874.

ENTRE LES SAULES

Et l'amour, servant notre fantaisie,
Fera ce jour-là l'été plus charmant ;
Je serai poëte et toi poésie,
Tu seras plus belle et moi plus aimant.

F. Coppée.

Blondine , nous irons demain

Nous promener entre les saules

Par un frais et coquet chemin ;

Je te prêterai mes épaules

Pour franchir les ruisseaux herbeux ,

Et de nos amours éternelles

Nous bavarderons tous les deux,

En poursuivant les demoiselles.

Pervenches et myosotis,
Rouges boutons de l'églantine,
Devant tes grands yeux de lapis,
Près de ta bouche purpurine
Pâliront. — Les jeunes bouleaux,
Serrés dans leurs écorces blanches,
Seront jaloux aux bords des eaux
De la souplesse de tes hanches.

J'y sais bien des recoins déserts,
Tapissés d'herbe parfumée,
Peuplés d'oiseaux et recouverts
De fraîche et tremblante ramée;
La mousse y semble du velours :
Nous ferons un suave échange
De baisers longs comme des jours,
Au bord du ruisseau qui les frange.

Là, ma belle, nous aimerons
A ravir toute une existence,
Et quand le soir nous reviendrons,
Ta main sur mon bras, en silence,

Nos deux cœurs seront confondus
En la même et chère pensée,
Ivres de nous-même, éperdus
Du bonheur de l'heure passée.

Juin 1871.

MINUIT

L'heure tinte, en haut du cadran
Se rejoignent les deux aiguilles;
Au couvent maintes jeunes filles
Rêvent d'Arthur ou de Gontran.

Il est minuit, monsieur Prudhomme,
Être balourd et sans pitié,
Étendu près de sa moitié,
Ronfle le chant du premier somme.

A la porte d'un cabaret,
Dans la nuit noire, quelque ivrogne,
Sans se lasser, des deux poings cogne,
Et chante un hymne au vin clairet.

Des toits de la maison voisine,
Les chats, nocturnes amoureux,
Éclatent en cris douloureux,
Comme des femmes en gésine.

Des couples passent enlacés,
S'estompant sur les grands murs sombres ;
Aux fenêtres, de molles ombres
Glissent sous les rideaux baissés.

Trouant les nuages, la lune
Tout à coup paraît dans la nuit ;
Le bruit cesse et l'amour s'enfuit
Devant sa lumière importune ;

Et la voix lointaine des chiens
Seule traverse le silence.
Voici qu'enfin pour nous commence
L'heure d'aimer, brunette, viens.

Vite, accours avec grand mystère
Entr'ouvrir pour moi ta maison ;
Là-bas, au fond de l'horizon,
Le dernier pas vient de se taire.

SÉRÉNADE

I

Les petits prés, en frais tapis,
S'en vont depuis ta maisonnette
Jusques aux bois, ma blondinette :
Allons errer dans les taillis.

II

Le ciel diamanté scintille,
Le zéphyr est suave et doux,
Mon amoureuse, éveillez-vous !
Suspendue à chaque brindille,
La rosée en perlettes brille,
Couvrant les ronces de bijoux.

Éveillez-vous, ma tant aimée,
De beaux vers luisants, par milliers,
Constellent les petits sentiers.
Dans la nuit tiède et parfumée
Allons, d'amour l'âme pâmée,
Respirer l'air des églantiers.

Ta fenêtre est muette et close,
Son vitrage irisé reluit
Aux clartés folles de la nuit.
Chère indolente qui repose,
Écarte un peu ton rideau rose,
Le temps s'envole et l'heure fuit.

Viens, belle toujours désirée,
Errer par les sentiers perdus;
Laisse tes cheveux répandus
Exhaler leur senteur ambrée,
Et que jusqu'à l'aube nacrée
Gazouillent les baisers rendus.

AU VIN DE BOURGOGNE

Coule, joyeux vin bourguignon,
Verse-moi ta franche allégresse !
Vermeil ennemi du guignon,
Je veux te boire à ma maîtresse.

Je veux te boire à ma maîtresse,
Clair rubis fleurant le brugnon ;
Son cœur est pétri de tendresse,
Tout son corps est frais et mignon.

Tout son corps est frais et mignon,
Riant de grâce et de jeunesse
Du bout du pied jusqu'au chignon ;
Son haleine est une caresse.

Coule, joyeux vin bourguignon,
Je veux te boire à ma maîtresse ;
Tout son corps est frais et mignon,
Son haleine est une caresse.

Son haleine est une caresse,
Vin parfumé, cher compagnon,
Tout son corps est frais et mignon.

Tout son corps est frais et mignon ;
Moins qu'elle tu répands l'ivresse,
Je veux te boire à ma maîtresse.

Je veux te boire à ma maîtresse,
Grand vainqueur de l'ennui grognon ;
Coule, joyeux vin bourguignon.

Grand vainqueur de l'ennui grognon,
Moins qu'elle tu répands l'ivresse,
Vin parfumé, cher compagnon.

TABLEAUX ET PAYSAGES

LE DUEL DE PIERROT

L E carnaval allait finir.
— Pour une dernière bamboche,
Faisant la nique à l'avenir,
Le blanc Pierrot met dans sa poche
Quelques louis, ses derniers sous ;
Pour acquérir cette fortune
Il a porté dans divers clous,
Sans même en excepter aucune,
Ses nippes.

   Messire Arlequin,
Avec maître Polichinelle,

L'accompagnent menant grand train
De mirliton et de crécelle.

Plus fiers que les fils de Lara,
Parmi seigneurs et mousquetaires,
On vit au bal de l'Opéra
Entrer de front les trois compères.

Arlequin, agile et pimpant,
Aux bergères pince la taille ;
Polichinelle, en sacripant,
Déjà songe à livrer bataille ;
Pierrot a des airs effarés
En embrassant les petits pages ;
Très-souvent on trouve égarés
Ses longs doigts au creux des corsages.

Dans la foule, toute la nuit,
Ils s'en vont soulevant les masques,
Ivres de lumière et de bruit,
Perdus dans des galops fantasques...
— Ils ont tant sablé de cliquot,
Tant bu d'yquem et de sauterne,
Qu'on voit aux lèvres de Pierrot

Monter un peu de rouge terne.

Sur ses jarrets campé d'aplomb,

De trois doigts cherchant sa moustache,

Sacrant par Ventre et par Mahom,

Ce poltron tranche du bravache.

L'amour bouillonne en son cerveau

Ainsi que lave en un cratère,

Et sous son derme un sang nouveau

Bat plus rapide à chaque artère.

Il a voulu, le pauvre fou,

Le cœur gonflé de vaillantise,

Du bras d'un seigneur andalou

Arracher une Cydalise,

Et, sans attendre au lendemain,

Ils ont pris rendez-vous sur l'heure,

Afin qu'au bois, rapière en main,

Avant le jour l'un des deux meure.

. . . .

Hélas! Pierrot tombe percé;

Le pauvret déjà plus ne bouge,

Et l'on voit sur le sol glacé

Que son sang, comme un autre, est rouge.

Enfin le dernier spasme tord
Ce naïf à figure blême :
L'amant de Colombine est mort
Quand naissait l'aube du Carême.

MIDI

Le soleil d'août calcine une blanche muraille ;
On voit danser dans l'air la poudre du chemin ;
La borne n'a pas d'ombre. Un tout petit bambin
S'avance à pas furtifs, les cheveux en broussaille.

Pour saisir un lézard d'un vert diamantin,
Dont le rouge soleil avive chaque écaille,
L'enfant, le nez en l'air, rapetisse sa taille
Et guette d'un œil fixe en étendant la main.

— Pour assoupir la faim qui le poursuit sans trêve,
Un pauvre, résigné, ferme les yeux et rêve,
Étendu comme un mort dans l'herbe du fossé.

D'un arbre maigre un fruit véreux qui se détache
Fait dresser en sursaut le vieillard harassé :
Le blondin pousse un cri, le beau lézard se cache.

PISTE D'ÉTÉ

Au bord d'un blé
Un garde champêtre médite ;
Son front hâlé
Se plisse. — O spectacle insolite !
Près d'un képi
Qu'une tresse d'or fin galonne,
Il voit tapi
Le bout d'une ombrelle mignonne.

. . . .
. . . .
. . . .

C'est un délit,
Et déjà la justice informe,

Ce garde dit :
« Je vais dresser en bonne forme
Procès-verbal,
Car il faut venger la morale,
Trancher le mal
D'une manière radicale.

« Ces amoureux
Semblent trop posséder la terre ;
Les chemins creux,
Les prés fleuris et la bruyère,
Les champs, les bois,
En sont infestés. Par ma plaque !
Au nom des lois,
Je les poursuis et je les traque.

« Dans les moissons,
Où l'on peut les suivre à la trace,
Sous les buissons,
Partout pullule cette race ;
C'est mon tracas.
Leurs baisers m'échauffent la bile ;
N'ont-ils donc pas
Assez de place dans la ville ?

« Enfin, pourquoi,
Quand on peut rester dans sa chambre,
A l'aise et coi,
Courir d'avril jusqu'en novembre
Pour m'agacer ?
Tout cela m'irrite et m'indigne,
Je vais pincer
Ces tourtereaux : — c'est ma consigne ! »

GUSTAVE MATHIEU

Port fier et feutre sur l'oreille,
Ainsi qu'un reître de Rembrandt,
Son œil vif petille et dit « Bran ! »
Aux Philistins, qu'il émerveille.

Au milieu d'un poil rude et blanc,
Sa lèvre rit, fine et vermeille ;
Son nez montre que la bouteille
Met du cinabre dans son sang.

Il aime les champs, la rivière,
Les bois, l'Océan, la lumière,
Le clair de lune et le ciel bleu ;

Plus que les bois et l'Atlantique,
Il adore la République,
Le barde nivernais Mathieu.

LE DÉPART

Avant son départ, le baron
A sa femme, svelte et jolie,
Fait ses adieux sur le perron
Du château ; sa mélancolie
N'empêche pas qu'il se souvient
De la çoquette présidente
Dont le vieux mari le soutient.
Il dit d'une voix très-dolente :

« Arde le diable les procès !
On fait sa cour, on intercède
Près de maints juges, sans succès ;
Nul repos pour celui qui plaide ;
Toujours par vaux et par chemins,
Sollicitant de porte en porte,

Il est pillé par les robins ! »
Madame ainsi le réconforte :

« Dieu vous garde, mon cher seigneur,
De tous périls et malencontre.
Pour le grand soin de votre honneur
Besoin n'est pas que l'on me montre ;
Je suis vôtre et vous aime tant
Que mon cœur maudit ce voyage.
Votre épouse ici vous attend,
Seule et bien triste avec son page. »

Le page est près de l'étrier
Du cheval, dont le sabot frappe
Le pavé ; un blanc lévrier
Gambade. L'enfant rit sous cape :
Il sait déjà, le chérubin,
Que les oisives châtelaines,
Pour un adolescent badin,
Parfois sont d'étranges marraines.

LES MARES

Aux étoiles j'ai dit, un soir :
« Vous ne paraissez pas heureuses ;
Vos lueurs, dans l'infini noir,
Ont des tendresses douloureuses. »

SULLY-PRUDHOMME.

Aux bords des mares, dans la nuit,
On voit glisser des silhouettes
Dans les roseaux et sous les branches
Où se rassemblent les chouettes
A l'aube des aurores blanches.
Lentes foules silencieuses,
Ondulant loin des yeux profanes,
Ces pâles formes gracieuses,
Parmi les brouillards diaphanes,
Se perdent quand la lune luit.

Un ciel scintillant de points verts,
Comme un sombre manteau magique
Estompé dans la vapeur grise,
Surplombe ce décor tragique.
L'eau par divers endroits s'irise
D'un chatoiement de nacre noire.
Loin des importunes lumières,
Ceux dont les cœurs sont morts vont boire
De l'air aux rives des tourbières,
Et percevoir d'obscurs concerts.

Les spléniques et les rêveurs
De mainte œuvre philosophale,
Tous les soirs, aux bords des eaux brunes,
S'en vont rafraîchir leur front pâle.
Martyrs aux lourdes infortunes,
Ces amants des désespérances,
Que bourrèlent d'âpres tristesses,
Sont attachés à leurs souffrances
Ainsi qu'à de jeunes maîtresses
Sont rivés les vieillards-viveurs.

Au bord des mares, dans la nuit,
On voit glisser des silhouettes

Dans les roseaux et sous les branches
Où se rassemblent les chouettes
A l'aube des aurores blanches.
Lentes foules silencieuses,
Ondulant loin des yeux profanes,
Ces pâles formes gracieuses
Parmi les brouillards diaphanes
Se perdent quand la lune luit.

LA CASCADE

A la gueule de la cascade
L'eau s'élance et se tord, hurlant,
A l'assaut d'un vieux roc branlant
Qui craque et roule par saccade.

Le flot vainqueur, pulvérulent,
Par un grand bond dans l'air s'évade,
Immense et radieuse arcade,
Dans un brouillard étincelant.

Ainsi, de sa féconde veine,
Le flot de la vendange humaine
Prend un fier et superbe élan ;

Le mal sur son chemin s'écroule :
C'est le sang des martyrs qui coule,
Plus rude et plus fort que l'autan.

RENOUVEAU

L'Avril s'avance ensoleillé,
Le désir gonfle nos poitrines.
— Oiseaux, fleurs, tout s'est réveillé,
Des vals creux au front des collines.

Le désir gonfle nos poitrines,
Les blondes ont l'air languissant.
— Des vals creux au front des collines,
Tout s'anime au vert renaissant.

Les blondes ont l'air languissant,
L'œil des brunettes se rallume.
— Tout s'anime au vert renaissant :
Adieu froid, neige, bise et brume.

L'œil des brunettes se rallume,
Les cœurs se cherchent pour aimer...
— Adieu froid, neige, bise et brume,
Les abeilles vont essaimer.

Les cœurs se cherchent pour aimer;
Enivrés d'air tiède, on frissonne.
— Les abeilles vont essaimer,
Nous aurons du miel à l'automne.

Enivrés d'air tiède, on frissonne;
De fleurs le sol est émaillé.
— Nous aurons du miel à l'automne,
L'Avril s'avance ensoleillé.

HEURES NOIRES

TRISTE CHANSON

LES amandiers refleuriront
    Sur la colline,
Les vieux ceps noueux verdiront,
    Et l'aubépine
Aura paré d'un blanc nouveau
    Sa tige torte ;
Je n'aurai plus de renouveau :
    Ma mie est morte !

Elle était, au dernier printemps,
    Vive et légère,
Courant les prés, les bois, les champs
    Et la bruyère.

Chants d'oiseaux et parfums des fleurs
Qu'avril apporte
Aujourd'hui font couler mes pleurs :
Ma mie est morte !

On reverra les amoureux,
L'âme pâmée,
Sans bruit, se glisser deux à deux
Sous la ramée ;
Je devrai pour ne pas les voir
Fermer ma porte.
Leur bonheur fait mon désespoir :
Ma mie est morte !

DEMAIN

Un arc-en-ciel étrange entoure ce puits sombre.

GÉRARD DE NERVAL.

Au désespéré qui chemine
Sans but, et qui s'en va rêvant
Au passé, je crie : « En avant,
Vaincu, redresse ton échine. »

A ceux qui, frappés par devant,
De leur sang teignent la colline,
Au vieillard que le temps incline,
Je montre le soleil levant.

« Ta route n'est qu'un long calvaire.
Sans trébucher dans l'ossuaire,
Pèlerin, marche à l'Avenir ;

« A chacun de tes pas j'avance,
Je suis la lointaine Espérance
Qui promet et ne peut tenir. »

LES CHEVEUX DE NINA

Ses cheveux qui lui font un casque parfumé...

CH. BAUDELAIRE.

J'éprouve un dégoût furieux
Toutes les fois que, sur les portes
Des coiffeurs, je vois ces cheveux
Ravis à la tête des mortes
Disposés en dessins hideux.
Ces paysages, ces pensées,
Fleurs sinistres, ces souvenirs
De maîtresses, de fiancées,
Cueillis à leurs derniers soupirs,
Me causent des sueurs glacées.

Car, lorsque Nina (pauvre enfant,
Elle avait dix-huit ans à peine,

En y songeant mon cœur se fend)
Sentit toute espérance vaine,
Au milieu du mal étouffant,
Elle fit, douce créature,
Faucher par un merlan banal
Sa lourde et brune chevelure...
Horreur ! cet artiste infernal
Des tresses fit une peinture.

Ça représente un saule noir,
– Sur une tombe une couronne,
Avec ces deux mots : *A revoir !*
Inscrits sur un fût de colonne.
C'est la charge du désespoir !
Lorsque je songe à ma maîtresse,
Morte, hélas ! cet affreux tableau
Devant mon souvenir se dresse,
Et me voile, ainsi qu'un rideau,
L'image de l'enchanteresse.

SAISIE

Le poëte vit par hasard...

F. DESNOYERS.

Vite, ma Muse, qu'on apporte
Plume d'or et vélin laiteux.
— Mais, j'entends gratter à ma porte...
O visiteur calamiteux !

Plume d'or et vélin laiteux,
Je veux vous dicter un poëme.
— O visiteur calamiteux,
Il entre, morne, grave et blême.

Je veux vous dicter un poëme
De baisers pris, sitôt rendus.
— Il entre, morne, grave et blême,
En deux plié, les doigts tendus.

De baisers pris, sitôt rendus,
Je sais une enivrante histoire.
— En deux plié, les doigts tendus,
Il me présente un long grimoire.

Je sais une enivrante histoire,
Plume d'or, je te dirai tout.
— Il me présente un long grimoire
Je le saisis par l'autre bout.

Plume d'or, je te dirai tout;
Vélin, tu pourras tout redire.
— Je le saisis par l'autre bout,
Vainement je le voudrais lire.

Vélin, tu pourras tout redire;
Oh! les amants vont s'égayer.
— Vainement je le voudrais lire,
Mais je sais qu'il faudra payer.

Oh! les amants vont s'égayer,
En lisant ces vers, bouche à bouche.
— Mais je sais qu'il faudra payer,
L'homme attend, là, sinistre et louche.

En lisant ces vers, bouche à bouche,
Ils diront : « Quel poëte heureux ! »
— L'homme attend, là, sinistre et louche ;
O plume d'or, vélin laiteux !

Ils diront: « Quel poëte heureux ! »
Mais le joyeux poëme avorte.
O plume d'or, vélin laiteux,
Las ! à l'huissier qu'on vous apporte !

LA MORTE

Ce matin-là l'aurore était trouble et livide ;
Il montait de la rue une faible rumeur
De passants et de chars ; la lampe sans lueur
S'éteignait en fumant dans l'atmosphère algide.

Assis près de son lit, l'œil égaré, stupide,
Morne et las, j'écoutais le bruit sourd de mon cœur,
Où je sentais grandir, lancinante, la peur
De voir la pauvre enfant toute blanche et rigide.

Je comprenais pourtant que tout était fini ;
Lorsque son bras, pareil à l'ivoire jauni,
Glissa le long du drap, avec ses doigts inertes,

Sur ses yeux sans rayon, par un suprême effort
'Mes lèvres ont baissé ses paupières ouvertes.
L'aïeule prit au mur un brin de buis béni
Et, le plongeant dans l'eau, de ses ramilles vertes
Fit un grand geste en croix sur notre avenir mort.

MATER DOLOROSA

A M. de Ponnat.

Femme, ils ont pris ton bel enfant,
Le doux ami de Madeleine,
Le prophète au cœur triomphant
Que suïvaient partout, dans la plaine,
Aux bords des lacs, sur les coteaux,
Les extatiques caravanes
Des humbles, en pieux troupeaux.
— Assis à l'ombre des platanes
Alors qu'il disait, au milieu
Des foules, quelque parabole,
Les pauvres criaient : « C'est un Dieu ! »
Et s'enivraient de sa parole.

Il est mort ! Son sang répandu
Trace la route du Calvaire ;

Que ton corps, de douleur tordu,
Terrible se redresse, ô mère !
Au pied de l'infamante croix,
Implacable et morne statue,
Maudis le monde autant de fois
Que l'outrage sur sa chair nue
S'abattit stupide et brutal.
Que ta main s'étende farouche,
Jetant l'anathème fatal
Aux profondeurs de la nuit louche !

Si ton œil, de l'avenir noir
Traversant les histoires closes,
Sans pitié ni terreur peut voir,
Dans les rouges apothéoses,
L'image du crucifié,
Frémis, la justice est prochaine !
— Au nom du Christ déifié,
La folle et triste race humaine,
Durant vingt siècles, à longs flots,
Au sol qui jamais ne s'étanche
Versera son sang, ses sanglots !

. . . .

Contemple, mère, ta revanche !

RÉSOLUTION

Je suis la plaie et le couteau,
Je suis le soufflet et la joue....

CH. BAUDELAIRE.

Ivres de jus, les lourds raisins
Traînaient leurs sarments jusqu'à terre,
L'an passé, quand tu me revins.
Ce souvenir encor m'altère,
Comme les philtres du sabbat
Qui rajeunissent la sorcière,
Comme le sang dans le combat.

Ce passé me hante sans cesse
Et ton image me poursuit.
Ainsi qu'un navire en détresse
Qui cherche un phare dans la nuit,
Vers toi se tourne ma pensée,

Et toujours mon désir te suit
Dévorant mon âme insensée.

Mais ce soir, j'en fais le serment,
Là-bas, tu sais, j'irai t'attendre,
J'y serai ton dernier amant...
Rien ne pourra plus te défendre
Contre ma rage et mon couteau,
Ni pleurs, ni cris, ni baiser tendre,
Là-bas, tu sais, au bord de l'eau.

Près de la mare où l'eau se nacre,
Ce soir de ma main tu mourras ;
Je veux avoir le bonheur âcre
De t'emporter entre mes bras,
Alors que tu seras bien morte,
Jusqu'à l'étang ! Quel débarras !...
Pourrais-je vivre après ? — Qu'importe !

DÉGOUT

Mon cœur est un trou noir, béant,
Où suinte avec l'Ennui stupide
Le vaste regret du Néant;
C'est un lieu froid, sinistre et vide.

Bruit monotone et régulier
Traversant cette nuit profonde,
La Vie, ainsi qu'un balancier,
Y compte et bat chaque seconde.

Je sens vivre et se tordre en moi
Le Dégoût fade, flasque, énorme;
Il y palpite un vague effroi,
Des désirs sans nom et sans forme.

Cauchemar jamais endormi,
Ce mal implacable m'obsède ;
Pour chasser ce morne ennemi
Est-il un dictame, un remède ?

Toutes les fois, quand j'ai voulu
Jeter ce poids qui me terrasse,
J'ai senti l'étreinte de glu
M'enserrer plus lourde et tenace.

Épuisant en de vains efforts
Mes muscles las et mes vertèbres,
Toujours vaincu, j'envie aux morts
Leur terre humide et leurs ténèbres.

ÇA ET LA

LES CHERCHEURS D'IDÉAL

Si j'ay un amy, quand je boy,
Je voudrois qu'il beust avec moy,
Du meilleur vin que l'on peust boire.

OLIVIER BASSELIN.

O les bizarres amoureux
Que ces poëtes faméliques
Qui cherchent au loin devant eux,
Dans les horizons fantastiques,
L'Idéal vain et mensonger !
Le front haut, et marchant sans trêve,
Ils vont, sans rien voir, naufrager,
L'œil encor perdu dans le rêve.

Pensifs, ils suivent leur chemin,
Dédaignant les meilleures choses,
Sourds au doux frou-frou du satin,
Sous leurs pas écrasant les roses.
Les rires clairs et les propos
Qui résonnent sous les tonnelles
N'invitent jamais au repos
Ces fous, à l'Idéal fidèles.

Lorsque, de mon réduit, je vois
Passer un chercheur de chimère,
Je l'arrête, et je lui dis : — « Bois
Un grand coup de vin dans mon verre,
Car c'est un prisme étincelant
Qui transforme tout, ô poëte ! »
Hélas ! le fantasque passant
N'a jamais détourné la tête.

LES TOMBES

A mon ami L. Michard.

Des maîtres d'autrefois les tristes ossements
Pourrissent, écrasés sous de lourds monuments;
Les vers ont fui déjà leurs dépouilles stériles,

Et l'oubli lentement ronge leurs écussons.
— Les cendres de nos morts ont fait les champs fertiles :
Compagnons, c'est à nous d'engranger les moissons.

Lorsque nous rencontrons un arbre au tronc vivace
S'élevant dans les airs par un robuste effort,
Nous savons qu'à ses pieds quelqu'un des nôtres dort;
Ce sont les verts tombeaux de ceux de notre race !

Nous sommes fils de ceux qui s'en allaient pieds nus,
Hâves, portant au cou la chaîne héréditaire;
De ceux qui, reins courbés, des doigts grattaient la terre,
Et dont gisent les os en des lieux inconnus.

ÉPITHALAME

A M^{ne} E. M.

Madame, j'ai rêvé de vous,
Et vraiment je crois vous connaître.
Quelqu'un vous aura dit peut-être
Que les poëtes sont des fous ;
Mais Dieu, qui toujours atténue
La rigueur de ses châtiments,
Les fit quelque peu nécromans :
Ainsi vous m'êtes apparue.

Ils voyent, en fermant les yeux,
A des distances fabuleuses ;
L'Avenir — pages ténébreuses —
Est comme un livre ouvert pour eux ;

Si bien que, lorsque dans mon rêve
Mon esprit vers vous s'est tourné,
J'ai vu votre visage orné
De candeur et de jeune séve.

Votre séduisante bonté
Rayonnait du cœur à la face ;
Je sais tout ce que votre glace
Raconte de votre beauté ;
J'ai surpris — ravissante chose
(Mes songes sont très-indiscrets) —
L'Amour — il doublait vos attraits —
Rôdant sur votre bouche rose.

En choisissant pour votre époux
Le meilleur parmi ceux que j'aime,
Vous prenez un peu de moi-même,
Aussi votre bonheur m'est doux.
Pour vous donc, arrachant les voiles
De l'Avenir mystérieux,
J'ai cherché dans le fond des cieux,
Épelant parmi les étoiles.

Dans vos destins j'ai lu très-clair :
L'Avril envahissant l'Automne ;
Je vis même, Dieu me pardonne,
Blonds de cheveux, roses de chair,
De beaux enfants la maison pleine ;
Madame, ils s'ébattaient joyeux :
Vous étiez, surveillant leurs jeux,
Souriante, belle et sereine.

Juillet 1874.

LES VIOLETTES

A Gustave Mathieu.

Pauvre bouquet de violettes,
Par quel injuste et dur mépris
Ceux de Décembre t'ont-ils pris
Pour te mêler à leurs brochettes ?

Tu ne hantais pas les lambris
Où reluisaient leurs aiguillettes...
C'est aux corsages des fillettes
Et dans les bois que tu souris.

Ah ! s'il leur faut une cocarde,
Afin que tout Français regarde
Et s'écarte en passant trop près,

Ils peuvent dans nos cimetières,
Pour égayer leurs boutonnières,
Cueillir des rameaux aux cyprès.

LA CHANSON DE LA HOTTE

Les chiffonniers, glaneurs nocturnes,
Tristes vaincus de maints combats,
Vers minuit quittant leurs grabats,
Dans l'ombre rôdent taciturnes.

La Hotte sur leurs reins courbés
Se dresse altière et triomphante ;
Voici ce que cet osier chante
Sur ces échines de tombés :

« Moi, la Hotte nauséabonde,
Épave où vivent cramponnés
Les parias et les damnés,
L'écume et le rebut du monde,

Fosse commune à tous débris,
Où ce qui fut Hier s'entasse
En juge, chaque nuit, je passe,
Fatal arbitre du mépris.

A la lueur de sa lanterne,
Mon compagnon qui fouille au tas
Ramasse tout : chiffons, damas,
Sans que sourcille son œil terne ;

Tout ! auréoles de clinquant,
L'honneur vendu, des ailes d'ange ;
On trouve en remuant la fange
Les vertus mises à l'encan ;

Fausses grandeurs, fausses merveilles,
Et tant d'autres choses encor,
Vieux satin blanc aux trois lis d'or,
Velours vert parsemé d'abeilles.

Dernier et fatal ricochet,
Tout va, tôt ou tard, à la hotte
Du chiffonnier qui dans la crotte
Fouille du bout de son crochet.

VISION

J'ai comme un souvenir confus
D'avoir embrassé la Chimère.

TH. DE BANVILLE.

J'ai contemplé le front serein
De la Déesse immaculée ;
J'ai vu sa face dévoilée,
Son torse calme et souverain !

Un nimbe ardent la transfigure ;
J'ai vu les comètes bondir,
Les mondes éteints resplendir
Aux baisers de sa chevelure.

Sa jeune et forte majesté
Modèle son contour antique
Sous les plis d'une ample tunique
Qui flotte dans l'immensité.

Effort suprême et ridicule,
Du fond de l'ombre me dressant,
J'ai levé mon bras impuissant
Dans l'éther où sa forme ondule ;

J'ai saisi le bord du manteau
Qui voile sa beauté divine,
Et sous lequel l'Esprit devine
Le vrai, l'éternellement beau !

Dans mes doigts, crispés sur sa frange,
Je n'ai retrouvé qu'un haillon
De pourpre, où de l'or en paillon
Étincelait parmi la fange.

Depuis, morne et désespéré,
Retombé dans ma nuit obscure,
Pour laver cette loque impure,
Pendant bien des jours j'ai pleuré....

Dans sa trame mystérieuse,
J'ai cherché, tisserand déçu,
Le secret du divin tissu
De la tunique radieuse !

Alors, j'ai pris du lin bien doux,
Le poil de ma barbe première,
Sur la nuque de ma Chimère
Quelques frisons de cheveux fous.

Rêvant d'étranges broderies,
J'en ai tissé ces pauvres vers,
Bandeau formé de fils divers
Pour le front de mes rêveries.

FIN.

TABLE

ÇA ET LA.

A PARIS

DES PRESSES DE D. JOUAUST

Imprimeur breveté

RUE SAINT-HONORÉ, 338

www.ingramcontent.com/pod-product-compliance
Ingram Content Group UK Ltd.
Pitfield, Milton Keynes, MK11 3LW, UK
UKHW020342180726
13839UKWH00002B/858